# 不鏽鋼心雞

桂文亞◎著　陳裕堂◎圖

# 幸福的童年家庭相簿

　　我喜歡拍照，眼睛細細看，心靈靜靜聽，喀擦！喀擦！將一張張影像，存進大腦的檔案寶匣。

　　歲月的腳步緩緩前行，一步一腳印，我也慢慢長大……

　　哎呀，我不禁暗暗低呼起來！鏡子裡的這個人是阿桂桂我嗎？不但戴上了老花眼鏡，連額頭、眼角，都爬上五線譜啦！走進校園，小野兔似的小朋友都蹦到面前喊「桂奶奶」啦！歲月的腳步什麼時候變得這麼匆忙！

　　我要找回圓圓臉，缺牙巴的阿桂桂！要妹妹和我一塊兒跳橡皮筋、搶荔枝龍眼！

　　要爸爸幫著集糖果紙，買漂亮的洋娃娃和花邊裙！要媽媽用菜刀砍石頭一般結實的巧克力塊！拉著外婆戴上玉戒指的手，去找大金牙裁縫老闆娘取新做的旗袍。我，不想長大！

　　外婆，爸爸、媽媽、妹妹文飛，快點變回來呀，我真的不想長大！

　　喔，爸爸，小時候我是開玩笑的，您不是真的「不鏽鋼公雞」，您是最大方的爸爸；媽媽，您雖然有點兒嘮叨，卻是最勤儉勤勞的好媽媽；哦，外婆，最慈祥、開朗的外婆，疼愛孫女兒的外婆，我好愛您啊。嗨，妹妹，對不起，姊姊小時候不應該一天到晚惹你生氣，笑你是個跟屁蟲、好哭鬼，如果有機會回到從前，一

定天天下課帶著你爬樹、捉蝌蚪，逛廟會，把欺負人的黃小毛壓倒在田埂上，準讓他啃得一嘴泥哇哇求饒！

　　只是，可惜……童年和我們玩起躲貓貓來了。

　　「不是這樣的！」白鬍子歲月老人笑咪咪的出現了。

　　「阿桂桂，快打開大腦裡的寶匣吧，童年的抽屜裡存放著一捲一捲精采的記憶，一個一個美麗的故事，何不用文字記錄下來？你會很高興自己長大了，懂事了，是個學會反省，懂得珍惜生命的大孩子了。」

　　「正因為成長，不僅體會深刻了，一定更明白天下父母，沒有不愛子女的，

手足之情，也是無可取代的。要知道，你是多麼幸福，這些甜蜜的愛、溫馨的情，多像一個純潔的蠶繭，裹著一顆小小純淨的紅心庇佑著你，是永遠不會丟失的！」

是的，智慧老神仙說得對，我懷念童年，如果只存在記憶的寶匣裡，是遠遠不夠的，我應當讓它們「飛出來」，成為一則則令人感動的故事，真實、誠懇、原汁原味的，與所有在歲月中成長的大、小讀者分享：「童年，從不曾在你我的生命中出走。」

感謝幼獅文化公司精心出版了這本充滿溫情的小書，感謝陳裕堂先生的插畫，您所重現的阿桂桂童年，是多麼的精緻美好！

# 讓文字與影像同時飛翔

插畫如鳥，一翼是想像，一翼是擬真。

除非作畫時兩翼同時奮力搧動，否則無法驅使所有畫作飛向天空。

這些時日，我像隻奮飛的笨鳥，每晚趴在桌前，右手像鳥翅，一筆筆的在畫紙上奮力搧動，一心只想讓桂文亞小姐如此精采的文章飛向藍天，飛到更高的高度，被更多的讀者看見。

童年，永遠是最美好的……桂小姐筆下的童年更是美好。

也因為如此，我試圖讓每一篇文章由不同的迷人女孩去演出與敘述，宛如在篇篇文字舞臺上，每個漂亮的小女孩輪流登場，向讀者朗讀那些專屬於桂小姐的童年往事。

## 繪者小檔案

很久以前生於竹南的海邊，他記得小時，沙灘上總長了一些迎著風的小向日葵，個個伸長脖子，日復一日的看著海，有一種美麗又孤獨的感覺。

現在向日葵長大了，卻長得令人驚訝的碩大無朋！

一樣迎著風，竟成了常幻想自己是唐吉訶德的他，奮力想擊敗的——風力發電大風車。

他畢業於文化大學美術系與舊金山藝術學院插畫研究所（Art University San Francisco, Maser of Fine Art），回國後卻一直做廣告到現在，當然，偶爾會替報紙副刊與書本雜誌畫插圖，也在銘傳、實踐與文化大學美術系教過書。

現在呢，他滿腦子只想等廣告生涯退休後，回故鄉海邊找個小房子，躲在裡面畫插畫，當然一定不會忘記再把童年記憶中的向日葵……一棵一棵種回來。

# 目 錄

爸爸的書架

家裡的書，日積月累，愈來愈多，原有的書架，早已不夠用了。

看著堆積如山，無處安身的書本，終於下定決心，要訂製一排又高又大的書架，給它們一個舒適的家。

書本的新家，果然明亮寬敞，而原來的書架，這時局促的靠在走道上，不但占據了空間，也顯得十分小舊。

我抬著它，這裡放放，那裡放放，只覺得礙眼。這個書架，原是爸爸多年前從香港帶回來的，是一個折疊式的三層書架，材料及手工是大陸製品，挺結實。

學生時代，爸爸把書架送給了我。當時，這個書架，是書房中除了書桌以外，唯一值錢的財產——我的「書房」，說穿了，其實就是廚房走道旁，多搭出來的一間兩坪大的違章建築，屋頂上，鋪著幾塊塑膠板。

但我仍然是很滿足的。至少這是一個獨立的小世界；有一張書桌，可以任我在上面爬格子；有一個書架，放滿了我喜愛的書；雖然每到炎夏，這裡足以把人燜成粉蒸肉，但是沒關係，只要雨季一來，暑氣全消，我還可以欣賞雨滴打在屋頂上那種粗獷而奔放的熱情。

不過，那一切都成為過去式了。

我已經結婚，生活在一個更大的小世界裡，而且，也擁有了自己的家——包括一個完整的書房，還有一大排剛剛落成，又新、又大、又漂亮的書架！

我決定把這個小舊的書架淘汰。只要保留一個美好的回憶，也就夠了。

16    不鏽鋼公雞

一個深夜，我把書架抬到大門口，心裡這麼想：上次一雙破皮鞋擺在門口都被人撿走，何況這次是一個不破不爛的書架呢！這樣很好，就讓需要它的人拿走吧！也算一件不錯的免費禮物呢！

　　第二天早上，我打開大門朝外望，書架不見了。我很高興它「物盡其用」……。

　　有一天，我照例到隔壁娘家吃午飯，為了找一本舊書，我上了二樓的書房──咦，這是怎麼回事？我發了愣，那一個被我丟掉的舊書架，怎麼居然乾乾淨淨、整整齊齊的排滿了書，站在那兒！

　　「那是你爸爸，有一天早上四點多起床散步，在門口看到撿回來的，」媽媽悄悄的對我說：「他為了這事，嘀咕了很久。好好的東西，還可以用嘛！怎麼說丟就丟了呢？唉，你們這些孩子……」

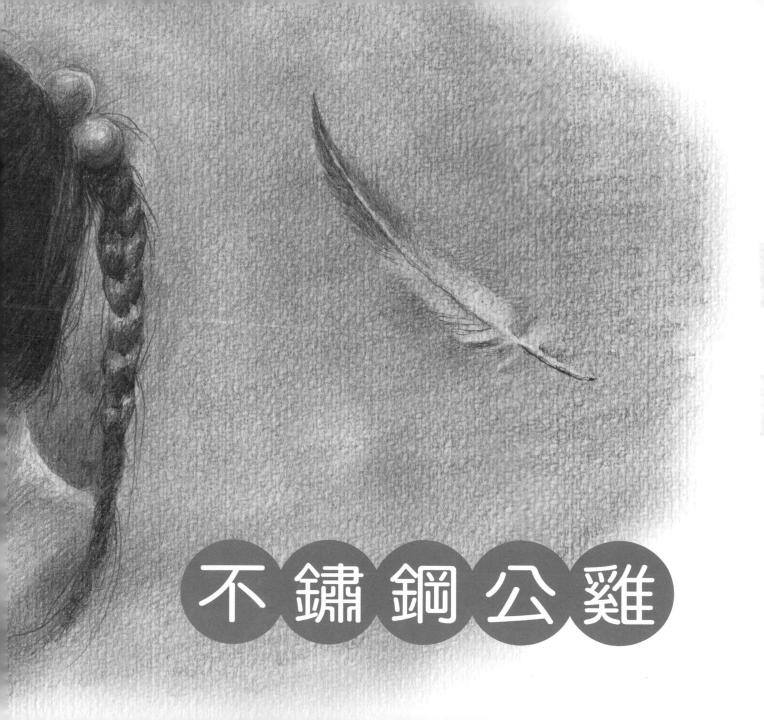

不鏽鋼公雞

爸爸高血壓的毛病已經持續好幾年了。這是一種不容易根治的慢性病，必須長期就醫、服藥，才能穩定情緒、控制病情。

　　爸爸的病，時好時壞，有點像海岸邊起伏的潮水；上星期，因為身體不適，還進醫院掛了兩次病號。

　　「醫生怎麼說？」我問媽媽。

　　「還不是老樣子。你爸爸的高血壓就是『省』出來的。我陪著看醫生，勸他坐計程車節省體力、時間，他偏不肯，說還走得動。結果換車、等車，足足兩小時才到榮民總醫院。已經是個病人，又上了年紀，哪禁得起這種折騰？」媽媽搖頭嘆氣。

　　從新店到石牌，光坐計程車一趟起碼一小時，這得花多少錢哪！爸爸當然捨不得。

記得學生時代，寫過一篇作文：〈我的爸爸〉。

你知道我膽子有多大？開頭第一句就是：「有人形容小氣的人是一毛不拔的『鐵公雞』，可是在我看來，我老爸比鐵公雞還厲害，是隻不折不扣的『不鏽鋼公雞』！」

真的，我可沒有亂說。譬如班上同學，或多或少都有零用錢，爸爸卻從來不給：「吃的、穿的、用的，該有的都有，拿了錢就會亂買，別浪費了！」

爸爸帶我們到動物園，出門前，一人分配一壺水，再放幾個媽媽做的豆沙包在手提袋裡。

玩渴了？喝白開水；餓了？吃自製包子。太陽一下山，就催我們上路，非得媽媽趕回家做晚飯。

「帶我們吃館子好不好啦？」妹妹撒嬌，我耍賴。

結果呢？十次有九次，是到「一條龍」吃榨菜肉絲麵。

媽媽就笑著說：「小氣鬼，喝涼水，喝了涼水，變汽水！」

「能省則省，別浪費！」這是爸爸身體力行的生活座右銘。

有一次，媽媽要我把看過的舊報紙留著，說是爸爸要用來練毛筆字，我趕緊送了幾疊宣紙過去，爸爸皺著眉頭說：「報紙吸墨好用，買那麼貴的紙幹什麼？浪費！」

爸爸是真節儉，兩把藤椅一用三十年，一張書桌的年齡比我還大。當然，我也沒有忘了說，從小到大，爸爸最大方的，就是買課外讀物給我們

看這件事。

　　不過，爸爸照舊他的口頭禪：「買了書，就要一本一本的看，擱著不看……」

　　「就──是──浪──費！」
我和妹妹異口同聲，把爸爸
心裡的話都說出來啦！

不鏽鋼公雞　23

爸爸，我忘記了！

清晨，電話鈴猛的響了起來。

　　「請問找哪一位？」睡夢中被驚醒，矇矇矓矓的拿起話筒，眼睛還半閉著。

　　「喂，大姊姊嗎？」對方聽出了我的聲音：「我是陳媽媽，你爸爸在家嗎？」

　　「晨走去了。」我說：「有什麼事我可以轉告嗎？」

　　「噢……，是這樣的，」陳伯母遲疑了一下：「陳伯伯上星期三生病住院了，麻煩你通知一聲……」

　　接著陳媽媽說了醫院的地址和病房的號碼。我一一答應下來。

　　掛上電話，倒頭又睡。一覺醒來，我已經把這件事給忘得一乾二淨了。

大約過了一個星期吧！午餐時刻，我察覺爸爸神色黯淡的靜靜吃著飯，一改往常和我們閒談的輕鬆自在。

　　「陳伯伯昨天過世了。」媽媽輕輕的說。

　　「陳伯伯？」我一時還沒有會意過來。

　　「是啊！住在中和，那位和你爸爸幾十年的老同事、好朋友。」

　　「唉！什麼時候生的病？我們一點都不知道？昨天朋友來通知消息，還問起我們怎麼不去探病？」

　　「啊，糟了！」我這才想起一個星期前陳伯母打來的那通電話。

　　「怎麼回事？」爸爸媽媽不約而同的望著我。

　　我慚愧的紅著臉把自己的疏忽說了出來：「爸，對不起，我忘記了！」

　　爸爸重重的嘆了一口氣，沒有說什麼；媽媽呢？卻一再搖頭：「你看你！你看你！怎麼這麼不經心！你爸爸怎麼心安啊！」

　　我真的很抱歉，很抱歉。我從來沒有想到，一個不經心的疏忽，可以造成這麼大的遺憾。可是，有什麼用呢？陳伯伯已經去世了，即使我親自向陳伯母道歉，也不能彌補錯誤了。

　　後來，聽媽媽說，爸爸因為錯過和老朋友見最後一面的機會，暗自悲傷的流了好幾回眼淚。

糖牙齒

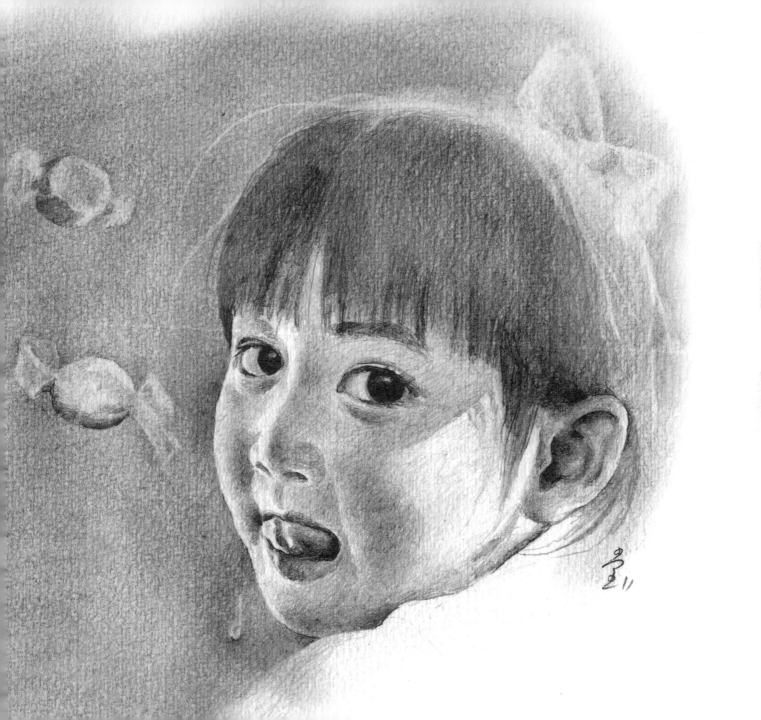

「爸爸來信了！爸爸來信了！」當郵差的腳踏車在大門口「喀喳」一聲緊急煞車，隨後信箱發出「差差」兩聲，我和妹妹便爭先恐後的推開客廳紗門，跑到院子裡。

　　沒錯，香港女皇頭像的紫紅色郵票，正是爸爸寄回來的信——噢，信還不是最重要的呢，重要的是夾在信裡那一疊花花綠綠、各式各樣的——糖果紙。好玩吧！

　　我上小學的那個年代，收集糖果紙可是一種時髦又流行的遊戲！那時男生、女生下了課，不是玩彈珠、橡皮筋、紙牌，就是跳繩、踢毽子；也不知怎麼的，有一天我腦筋一轉，忽然想到和隔壁鄰居林玉姊姊常玩的收集糖果紙遊戲「為什麼不帶到班上玩呢！」

　　林玉姊姊比我高一班，她那些「來自城裡」的漂亮糖果紙，其實也是

她姊姊給的。什麼「掬水軒」出品的「大橘子」啦，「肉桂糖」啦，每張都取了個好聽的名字；鄉下孩子很土的，大凡從城裡來的東西，只要沒見過，都新鮮、珍貴，連糖果紙也不例外。

我沒有臺北的糖果紙，只有些從零食攤地上撿起來的「好運道」泡泡糖紙，好單調的紅色和黃色啊。為了和林玉姊姊比誰的糖果紙漂亮，我只得趁著上學或放學，一味的低著頭，大街小巷掃瞄，希望哪位好心人，吃了糖，扔下紙，好讓我撿個夠。

為了收集糖果紙，我翻過垃圾堆，也「跟蹤」過邊走邊吃邊扔糖果紙的小朋友。我把收集來的糖果紙，洗得乾乾淨淨，夾進課本裡當成書籤，早也欣賞，晚也欣賞，下課還忙著和同學交換。班上十之八九的女生，似乎都被這股玩風傳染了，全都瘋狂的集起糖果紙來。

接著，我又想到了一個好主意啦！寫信給在香港工作的爸爸，請他寄些「物以稀為貴」的外國糖果紙給我！哎！你知道嗎？那些描了金邊、有著彩繪圖案的貴妃糖果紙，真是說有多精緻就有多精緻喔！而當我大聲宣布：「這些糖果紙是我爸爸寄給我的！」那股勁兒，說有多得意就有多得意喔！

　　「你們從小就給爸爸寵壞了！」

　　長大以後，每當我們回憶起童年往事，媽媽總又把這樁歷史紀錄搬出來：「爸爸只是不會用言語表達對你們的愛而已，記得嗎？小時候為了寄什麼糖果紙，不知花了多少錢買糖吃，結果不但把牙吃蛀了，還鑲了一口大金牙！」

# 玩水的女孩兒

每到炎熱的夏天，爸爸就打起赤膊來幹活兒了。

有一天，我記得很清楚，到了午飯時刻，我們一家四口——爸爸、媽媽、我和妹妹，圍坐方桌前正要吃飯，打著赤膊的爸爸忽然說：

「天氣這麼熱，你們也打個赤膊吧！」

這對我不是問題，因為還來不及想清楚男孩和女孩之間究竟有些什麼區別呀，就準備「立刻遵命」了。

「不可以！」媽媽大喝一聲，阻止了我的「蠢動」，接著又把爸爸狠狠的說了一通，爸爸便尷尬的笑了。

我想，爸爸是因為沒有兒子，潛意識裡把我和妹妹當成男孩了吧？

我喜歡玩水。

在我們住的景美小鎮主街上，有一排雜貨店，最邊上一家靠牆角的地

方，有一口井，井邊裝著一具抽水機，按一下長長的木柄，一個鐵筒似的出水口就會吐出白花花的水來。嘩啦嘩啦，我立刻甩掉腳上的木屐，就著水就沖，哇哈，腳背一陣透涼，我樂歪了，又將雙手圍成一個淺碟，盛著微甜的涼水把嘴就上去喝一口，再開始洗臉、沖手臂，把花裙子繫在腰上，把腿、腳沖個透溼。當然，這讓我有點手忙腳亂了，因為不是自來水龍頭，得全靠「手工」，打一次，水才出來一次。

在炎夏的午後，爸媽午睡的時候，我就一個人溜出來玩。這時天空總是藍得像一塊平滑的反光板，而不遠處傳來的陣陣蟬鳴，似一張透明的大紗帳，把人密不透風的裹了起來。

我掏掏上衣口袋，找出一毛錢，就披散著溼髮到小店買糖球兒。小店木架上瓶瓶罐罐裡裝的零嘴，早就看熟了。辣橄欖、醃酸李、棒棒糖都買

不起，只有糖球球，一毛兩粒。

燃燒的夏天快把人焚成灰啦，但如果光腳丫坐在潮溼的井邊，嘴裡嚼著糖喳喳作響，又讓大樹的綠葉為你撐起一把涼傘，那種滋味是輕鬆愉快的，何況我還可以把腳泡在水桶裡，一下左，一下右呢！

沿著牆角是條河溝，我摺了小紙船，輕輕放下，讓它慢慢盪。黃紙船裡坐著一朵紅薔薇，薔薇姑娘要到奶奶家啦！藍紙船裡躺著一片尤加利，綠葉弟弟放暑假啦！

知了，知了，遠處的蟬聲大合唱吵得一塌糊塗，簡直把天都唱破了一個洞，洞裡哈出一口熱氣，把大地烤成一個冒煙的大燒餅，熱得路上的行人趕緊往家裡頭跑。

我玩得可起勁了。一隻癩痢狗懶洋洋的路過，我趁牠不注意，朝牠沒

頭沒腦的猛潑一桶水，哈，笑死人了，牠立刻變成大跳蚤，夾起尾巴，一蹦蹦到半天高，渾身一陣亂抖，飛起一大蓬水星星。跟著瞎起鬨的是榕樹下的三隻蘆花雞，神經兮兮從沙窩裡衝出來，搧起花花的翅膀一下就不見了。

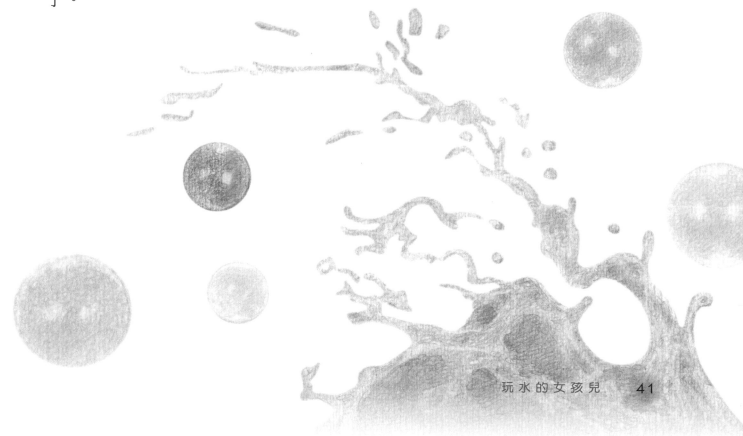

我吃著糖。拍著手。唱著歌。紅花、綠草和老樹；黃狗、黑蟬和小雞。還有金色的陽光，流動的白雲，銀色的水花和汗溼的大地。

　　一天晚上，我躺在竹床上還沒睡著，模模糊糊的聽見媽媽對爸爸說：「你發現沒有？阿囡老乘我們午睡時溜出去玩兒，這孩子真淘氣，你知道我怎麼發現的？」

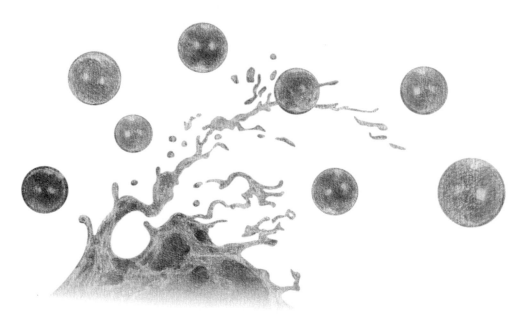

　不鏽鋼公雞

我立刻清醒，嚇得連耳朵都發抖了，完蛋，又要罰跪了！沒想到，媽媽的聲音忽然低下來，我啥也沒聽見，心裡頭正打著鼓，一會兒，隔床卻傳來爸爸媽媽輕輕的笑聲，我聽見爸爸說：「我小時候也這樣……」

　　我放心了，漸漸闔上眼，睡著了……

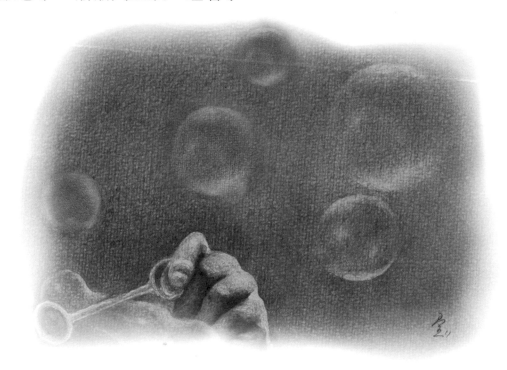

省了一根毛

用了一條牛，省了一根毛

錢用了千千萬，沒錢買塊豆腐熱熱根毛

雞，嫁狗隨狗嘛⋯

用了一條牛，省了一根毛

用了千千萬，沒錢買塊豆腐熱熱心

用了一條

# 媽媽的口頭禪

中國有句俗話說：「嫁雞隨雞，嫁狗隨狗。」意思是，一個女人結了婚以後，不論丈夫是個怎麼樣的人，最好都能安心隨他過日子。

從字面上看起來，這句話很有趣，其實，真正的意義卻是要一個女人「適應」她的婚姻，因為十全十美的「理想丈夫」畢竟不多，順其自然，就別那麼「挑剔」了吧！

這句話當然也有那麼一點無可奈何和嘲諷的意味。在傳統保守的中國社會裡，女人通常都是被動的，沒有選擇配偶的權利，「嫁雞隨雞」，同時象徵著一種婦女對婚姻的態度；現在想想，它似乎也是媽媽如何與爸爸「和諧相處」的祕訣之一了。

就以爸爸的「超級節儉」來說吧！居然幾十年來，從沒給媽媽過一次生日；沒帶媽媽出遠門旅遊過一次；而即使到外地出差兩年，回來也不過

送給媽媽一個仿鱷魚皮包、幾件普通上衣和一只不知是真還是假的玉鐲。

「爸爸實在『很那個』？！」每當我為此抱不平，覺得委屈了媽媽的時候，媽媽就平和的解釋說：「你爸爸對自己也是一樣的儉省，你們看他什麼時候為自己添過一件像樣的東西了？和從前那種為了貼補家用，養了雞，挑著擔子到市場上賣雞的日子比起來，我現在已經很滿足了。何況，俗話說得好：『嫁雞隨雞，嫁狗隨狗』嘛！」

上個月，趁著媽媽過生日，我刻意選購了幾件精巧的飾物，還向花店訂了一大束美麗的紅玫瑰和滿天星。爸爸雖然「小氣」、「古板」，我這個做女兒的，可是又體貼又浪漫喲！

沒想到，媽媽不但沒有驚喜的接受我「熱情的獻禮」，反而和爸爸一樣，責備我「不會打算盤」。

「人家蕭老闆知道是您生日，還特別打了七折呢！」我知道媽媽心疼花錢，趕緊捏造了一個善意的謊言。

「你呀！這是『用了一條牛，省了一根毛』！」媽媽繼續嘀咕：「我這個老太婆，每天在家裡，既不上班，又沒有應酬，幹麼穿金戴銀、叮叮噹噹的？你呀！這是『瞎錢用了千千萬，沒買塊熱豆腐燙燙心』！留著自己用吧！我不要。」

「哎呀！您怎麼跟爸爸一個想法！」說來說去，就是怪我「浪費」。

「我跟你爸爸，四十年的夫妻囉！他有時候雖然省得過了頭，卻比你花費得過了頭好！」

媽媽把老花眼鏡取下來，笑著挖苦我，根本不理會我這個「孝順」女兒，已經快要「惱羞成怒」啦！

# 寶寶好福氣

媽媽親手給寶寶蓋了一幢小木屋，主要的材料是鐵皮和木板。媽媽畫好了設計圖，一塊舊門板就像變魔術似的，又鋸又拆又釘，被改造成一幢有著斜屋頂的西式小建築。

　　仔細看，小木屋漆上新亮的咖啡色，裝上可以透氣的紗窗和紗門；屋子裡，鋪的是一塊黃色乾淨的小地氈，屋外門楣貼著一個金金的「福」字，真是好看極了！

　　「新居落成囉！」我忍不住要開玩笑：「要不要給寶寶裝盞床頭燈，讓牠晚上守衛時順便看看偵探小說，消遣消遣啊！」

　　天氣轉涼了一點，小木屋馬上添了一床我們小時候蓋過的舊毛巾被。

　　「寶寶真乖，一覺睡到天亮，不會踢被子。」媽媽滿意的說。

　　有好陽光的時候，媽媽喜歡坐在小板凳上，拿著一把大梳，給剛洗過

澡的寶寶梳頭。寶寶的毛髮又軟又長，媽媽邊梳邊說：「胖妞啊！你該節食了。」

可不是，寶寶營養過度，每餐大白米飯拌青菜肉末，飯後還有水果幫助消化。

「不運動嘛！一吃飽飯就看電視，當然會胖。」上小學的的豆豆嘀咕著。

這是真話。每天午間新聞的片頭音樂一響，寶寶就蹦上了高腳凳，煞有介事的面朝著客廳裡的電視機猛瞧。

「哎！怎麼那麼香？」我拍拍牠圓圓的身子問。

「剛洗完澡，給寶寶撒了點痱子粉。」媽媽不大好意思的笑著。

這回，爸爸可忍不住了：「狗嘛！怎麼當個孩子養？」

54　不鏽鋼公雞

「小動物就等於小孩子，要養就要好好愛牠。」媽媽認真的回答。

寶寶，就是我們家那隻芳齡一歲的拉薩狗。拉薩狗你是知道的啦！就是那種原產西藏，全身黑、灰毛色摻雜，長得披頭散髮的袖珍狗。

我們總嫌寶寶頑皮、煩人，媽媽卻把牠當心肝寶貝，清屎、掃尿、餵飯、洗澡、定時體檢、散步、聊天、遊戲……。看見媽媽這樣無微不至的照顧寶寶，我就想，媽媽也是這樣把我們養大的吧？

妹妹寶貝

妹妹和我相差一歲，雖也僅只這「一」點之差，個性、脾氣、外貌卻「各有風格」。

要嘛，就是名字給人一點聯想，妹妹叫「文飛」，也許姓氏特殊，所以不管到哪兒，總有人好奇：「這桂文亞是你哥哥還是弟弟？」當然她不忘糾正我是她的「姊姊」。這也難怪，從幼稚園到小學、到中學、到念同一所專科學校，她全跟著我走，老師、同學自然會問起我是她的誰。而這三十多年來，我這個尾大不掉的影子，也讓她有「忘了我是誰」之嘆。

妹妹習慣連名帶姓的喊我，如果她哪天甜甜蜜蜜，扯著我的衣袖，親親熱熱的嬌喚一聲：「姊！」包管我「刷」一下掛上撲克臉：「幹麼？想借錢？」如果說不是呢，那八成：「怎麼？又看上本人哪一件新買的衣服？」

自己的妹妹，有什麼辦法？我這個做姊姊的，只好叫她滿意。

也許家裡只有我們兩姊妹，從小到大，妹妹有的，我不會缺，我有的，她也絕少不了，非得來個平分秋色不可。

就拿穿著來說，至少妹妹就沒有撿過我一件舊衣、半雙舊鞋（何況她也不肯）；而爸爸媽媽為了公平起見，更是任何東西盡可能一人一份，連蛋糕也切得恰好一半，葡萄，也算得不多一顆，不少一顆。

即使這麼公平了，我們還是有得爭。

想起來真慚愧，我和妹妹，從小打到大，動口動手樣樣來。

小時候，妹妹不但比我高出半個頭，一雙長腿還跑得比我快，所以開始的時候，我不但不是敵手，還經常三十六計——跑為上策。

妹妹的脾氣我是領教過的，脾氣好大呀，一觸即發。我這個矮腳姊

姊，既然鬥力不過，只好鬥智，那就是：我打她一拳，她回我一掌的時候，我便忍住怒火和疼痛，一邊拍手笑，一邊圍著她繞圈圈：「來呀！來呀！怎麼樣？」裝出一副不在乎的模樣。

嚇！這一來可把妹妹氣壞了，她邊罵邊追，我邊叫邊逃。沒想到，這倒練出了我的獨門武功飛毛腿，居然後來還代表班上參加六十公尺校運賽哩！

又追又打的結果是，妹妹終於被氣哭了。這下有好戲可看，誰都知道，她是歌仔戲哭旦，一哭起來，警報器都會自動故障；而她一向就是黛玉型的嬌弱，坐在小板凳上，嗚嗚咽咽，聲如斷續的秋風，流水漂著的落花。媽媽的腳步近了，風聲就急切些；媽媽的腳步遠了，就暫時「廣告時間」。

「做姊姊的怎麼欺負妹妹？」

媽媽拿出戒尺，我立刻乖乖的伸出手。妹妹可連戒尺都沒碰手，就已經狂風大作，哀鳴連連啦，然後就絕食抗議，不吃不喝，到頭來，還得媽媽捧著碗餵飯！

不過，說實在，我這個姊姊也沒多照應她。小時候，我挺不愛跟她玩，沒趣嘛！下棋下不過就生氣；跳橡皮筋又老輪不到她；談天嗎？說不了兩句就吵嘴；唱歌嗎？

妹妹的確有天賦，媽媽的一本厚厚流行歌本唱得滾瓜爛熟，也沒誰教就會彈琴跳舞，我呢？五音不全，五線譜怎麼學都不會。

妹妹還有一雙能幹的巧手，她喜歡織這個鈎那個的。媽媽的舊毛衣，給她偷著拆下來重組；媽媽的旗袍裙，也讓她拆拆剪剪，萬一還原不了的時候，就一把塞進哪個壁櫥角落藏起來！

我是完全的粗手粗腳，要我坐著

繡花，不如騎馬打仗。記得上家事課時，老師教我們用紫色透明塑膠管穿線織一個掛包什麼的，我穿到後來，變成一個可怕的梯形！這就如同我曾用開絲米龍鉤一條圍巾，直到今天，那條圍巾還是一個未完成的怪異的梯形，黑黑髒髒、端端正正躺在一個紙盒子裡呢！

妹妹和我個性上最大的不同，是她的「慢吞吞」，做什麼都是慢條斯理，急不死人的。

記得小時候，我最喜歡搶她的東西吃。有一次，晚餐後，媽媽分給每人十顆荔枝，我一向是先揀肥的、大的吃，吃完大的再吃小的。妹妹正好相反，總把大的留在最後。

偏偏我吃荔枝的速度很快，三下兩下，解決了十顆，就瞪著圓眼看著媽媽和妹妹，

一副意猶未盡的饞相。媽媽看不過去，又分了幾顆給我，不消半分鐘，我又吃完了。

「給我一顆好不好？」等媽媽一走開，我就猛吞口水偷偷向妹妹討。

「不要！你已經多吃好幾顆了。」妹妹把肥甜半透明的荔枝肉一口放進嘴裡，搖頭拒絕。

「好不好啦？拜託！一顆就好！」我厚著皮涎起臉，完全不顧為姊的尊嚴。

「喏！」不情不願，妹妹滾一顆荔枝到我面前。

吃完了，我忍不住又伸出手。一、二、三、四、五……，妹妹一顆一顆的數，數完了，便雙手把荔枝按起來。

「小氣鬼，上次我還不是把好運道糖紙分給你兩張。好不好啦？再一

顆！」

我這個賴皮姊姊又施展出又哄又騙的口才想說服她……，直到妹妹狠不下心的再分一顆荔枝給我……。

這就是我的寶貝妹妹桂文飛。

褲子

妹妹從美國回臺灣探親，為了好好「招待」她，我決定推開衣櫥門大方的說：「喜歡的都拿去。」

　　妹妹從小就愛美，讀大學的時候，零用錢幾乎都用在購置衣飾上了。我們姊妹倆只相差一歲，身高體型差不多，興趣愛好差不多，也就是因為一切都太「差不多」了，小時候，總是你不讓我，我不讓你的，爸爸媽媽為了公平起見，在分配東西的時候也盡量做到「差不多」。

　　妹妹平日很刁鑽，習慣連名帶姓喊我的名字，可是如果有一天，她嬌嬌滴滴、甜甜蜜蜜的喊一聲「姊——」那八成是想借我的新衣服穿啦。妹妹終歸是妹妹，我還是樂意讓她點的，不過，她有時候也未免太那個了，竟然乘我不在的時候，穿上我的新衣服跑出去亮相，有幾次玩得太累，回家也不「湮滅證據」，一咕嚕倒在床上就睡，要不是媽媽看不過去向我

「告密」，我還一直被蒙在鼓裡呢。

　　「你這些衣服很耐看。」妹妹一件件欣賞我那些掛在衣櫥裡的衣服，「這條花褲子是誰的？」她忽然停住了手：「比那條紅褲子還『可怕』！」

　　我不禁哈哈笑了起來。我知道妹妹說的「那條紅褲子」是哪條。

　　小時候，爸爸媽媽逢年過節都會給我們添置新裝，尤其是爸爸，他一向喜歡女孩子打扮得活活潑潑、漂漂亮亮的，我想是妹妹長得標致，皮膚又白皙吧，因此在爸爸的審美眼中，穿紅色最能顯出小女孩兒的美，所以每次給妹妹選購衣服，不是紅襯衫紅外套，就是紅裙子紅鞋子。

有一次，爸爸買回兩條最流行的原子褲，一條海藍，另一條又是紅的，而且那條火紅的褲子紅得特別刺眼，比最紅的紅辣椒還要紅。妹妹這回堅持表示不肯穿了，她要跟我換。哪有人穿那麼紅的褲子上街的？我一個勁兒的搖頭怎麼都不肯。

　　「紅褲子之爭」是我們姊妹童年史上最「暴力」的歷史事件。我記得非常清楚，幾乎每次出門，姊妹倆總要為了誰穿紅褲子而鬧翻天，紅的褲子真的太可怕了，我們都不要穿這種顏色的褲子上街，萬一被同學撞見，傳到班上不被笑死才怪呢。

　　搶褲子的時候，我用的是厚皮計，妹妹如果推我，我就嘻皮笑臉的說：「推呀推呀！」妹妹如果打我，我還是嘻皮笑臉的說：「打呀打呀！」君子動口不動手嘛，反正紅褲子絕不上身，妹妹沒有辦法，只好放

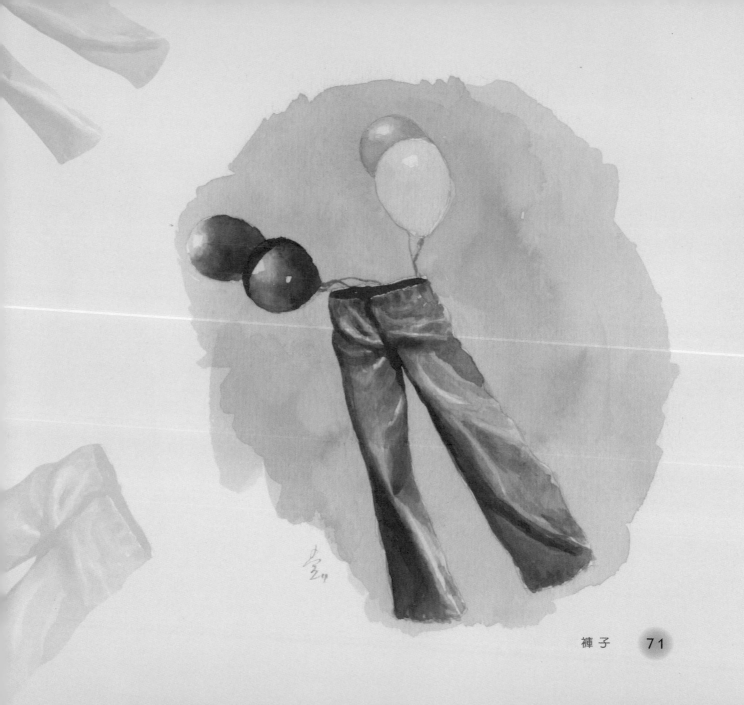

褲子

聲大哭。

　　爸爸媽媽為了平息紛爭，剛開
始還很耐心的勸解，但耐性很快就用完
了，便大聲的責罵，到了最後，壞脾氣的
爸爸乾脆拍桌子準備罵人了。

　　紅褲子真的有那麼難看嗎？

　　小時候，我在穿著上確實比一般人要保守得多。我幾
乎從不選擇亮麗的顏色、新穎的款式，尤其我對蕾絲邊、
荷葉邊、金環銀扣等流行服飾一向「嗤之以鼻」，認為
「超俗的」。但有趣的是，過了求學階段，我的審美標
準有了明顯的改變。

在穿著上，我早就不排斥花花綠綠的各種流行款式了，特別是學校畢業進入報社工作以後，跑過一段時間的服裝新聞，無形中，眼界擴大，見識增加，心胸也寬廣了，對於穿著配色這門學問，不自以為是，也不再反應過度。事實上，穿著重在搭配，並沒有所謂的「紅褲子就是醜」、「白褲子就是美」的唯一標準。

「如果早點明白這個道理，我們就不會鬧得那麼凶了。」妹妹笑著說。

問題就在於，有許多事情，都是長大以後才知道的啊！

外婆的新衣

外婆牽著我的手，走進裁縫店：「老闆娘，旗袍做好了沒有？」

鑲著大金牙的老闆娘笑嘻嘻的回答：「對不起，我忘記了。下星期一來拿吧！」

「好。謝謝。」外婆笑咪咪的點點頭，牽著我的手，走出了裁縫店。

星期一到了，外婆帶著我，走進裁縫店。

大金牙老闆娘一看到我們，圓嘟嘟的臉上立刻堆滿笑容：「對不起，對不起，我又忘了，您的衣服還沒有做呢！」

外婆笑著問她：「大概要等多久？」

「再過半個月，一定交貨。最近實在忙不過來啦！」

「您在忙些什麼事呢？」外婆問。

「就是忙著做其他客人的衣服啊！」

外婆沒說什麼，牽著我，又走出裁縫店。

「對不起，對不起。」這已經是第五次了，
大金牙老闆娘仍舊笑嘻嘻的對外婆說：「旗袍
還沒有做好。」

「那麼什麼時候才能做好呢？」這也是外婆第五次笑咪咪的發問了。

「喔，大概下個星期吧！」大金牙老闆娘這樣回答。

如果有人問我，誰是這個世界上你認識的「第一個不守信用的人」，
我一定會說：「就是那個景美街上，祥和莊布店的大金牙老闆娘！」

在我的感覺裡，不論是爸爸、媽媽還是外婆，他們答應我的事，一向
是不打折扣的。

尤其是嚴肅的爸爸，總是一再的說：「說了就要做，做不到就不要說。」

　　就拿爸爸老朋友陳伯伯女兒小霞的生日禮物來說吧，爸爸答應送給她一雙繫著蝴蝶結的紅皮鞋，結果跑遍了大街小巷，就是沒找著。結果爸爸買了一雙小紅鞋，寫了一封「道歉信」給小霞，說是明年小霞過生日，一定再想辦法補送一雙「有蝴蝶結的」小紅鞋。

　　陳伯父和陳伯母都說：「這未免太小題大作了吧？幹麼對一個小孩那麼認真呀？」

　　「這麼想就不對了，」爸爸回答：「如果你希望得到別人的信任，就得做到你答應做的每一件事。大人、小孩都是平等的，不可以隨便開空頭支票。」

　　如果照爸爸的這一種說法，大金牙老闆娘，簡直是信用破產了嘛。

　　「外婆，你為什麼總是不生氣啊？」我覺得很奇怪。

　　「我為什麼不生氣？」外婆想了一想，微笑著告訴我：「我其實是生了氣的，只是擱在肚子裡沒發作。我告訴自己：衣服沒做好是一個事實，就算生氣，它還是一塊布；生氣對誰都沒有好處。」

　　「再說，還有別的衣服可以穿，多一件少一件對我沒有影響，倒是因此認識了一個說話不算話的人，也可以當作一種收穫。以後，我們不要再到那兒去做衣服就是了。」

　　第六次，外婆走進那家裁縫店，取回了旗袍的布料。

# 外婆的石膏腳

外婆把腳跟骨摔裂了，我們到醫院探望。醫生說，至少休養三個月才可能復原。

又重又大的石膏，從膝蓋一直敷到腳底板，只露出外婆五個脹得紅紅紫紫的彩色腳趾頭。噢，外婆好可憐喲！穿了一隻特大號涼鞋，還有一隻不能動的白色象腿。

「為什麼要爬那麼高的雙層床嘛！多危險。」十歲的豆豆覺得外婆太不小心了。

「我忘了自己的歲數啦！」外婆笑嘻嘻的回答。

「痛不痛？」看到那隻跌得怪裡怪氣的大腳丫，大家覺得自己的腳也軟了。

「痠痠癢癢的，不痛，不痛。」外婆不要我們擔心，反而逗大家開

心：「我正在床上練投籃，什麼東西不要了，就往前面的垃圾桶裡扔，準得很呢！」

外婆邊說邊表演，「刷」一下，擦板得分！橘子皮果然應聲進了垃圾桶，大家都拍起手來。

「沒有人在旁邊幫忙的時候，您怎麼走動？」

「用一隻腳跳呀！」

可不是嗎？外婆一雙好手撐著枴杖、一隻好腳撐著地，像一隻吃得太飽的青蛙，慢吞吞的一步步向前跳。

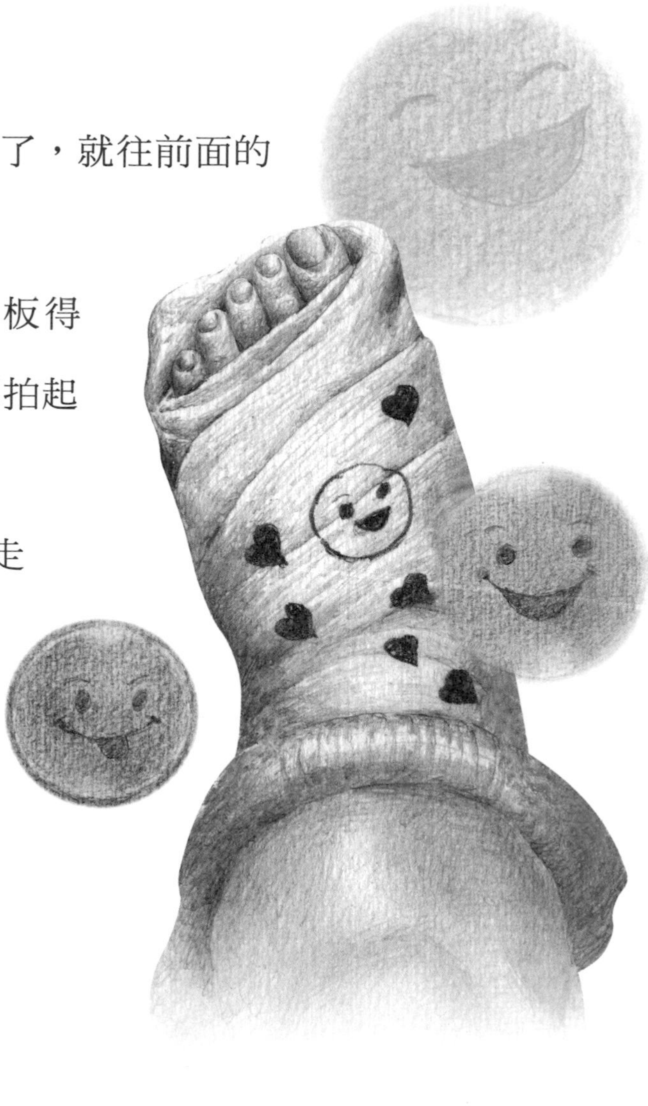

「再過不久，我就可以加入木蘭足球隊了。」外婆說，她在練功夫，左腳受傷了，右腳可是愈跳愈有勁。

　　外婆達觀和開朗的個性，是我們最欣賞的。這麼多年來，無論遇著什麼不順利、不愉快的人、事，她總會說出許多原諒別人、又讓自己心安的理由。

　　「塞翁失馬，焉知非福」、「世間之廣狹，皆由於自造」，這是外婆的生活座右銘，所以她一直活得自由自在、開開心心。

好香好苦
的巧克力

廚房裡有一口大大的闊嘴玻璃罐，原本裝著酒釀，是媽媽煮芝麻湯圓時的配料，酒釀吃完以後，媽媽就用來裝其他吃食了。

　　闊嘴玻璃罐裡住過不少受歡迎的「房客」，有夾心餅乾、脆麻花、爆米花和沙其瑪，總之，都是我和妹妹平日愛吃的點心。

　　有一次，進駐的「房客」我們見都沒見過：不規則的塊狀，體積比饅頭大，硬得像塊肥皂，有深咖啡色和乳白色兩種。

　　媽媽從罐子裡拿取出一塊深咖啡肥皂，匡噹匡噹的用菜刀猛敲，碎成好多小塊塊，媽媽笑著說：「吃吧！吃吧！這是爸爸特地從香港帶回來的『石頭糖』。」

　　一家四口圍坐在飯桌前新奇的嘗著用菜刀敲碎，甜中帶苦的巧克力，是童年一次特殊而難忘的品嘗巧克力經驗。

爸爸說，這種不求花俏包裝的巧克力，因為可可的純度比較高，所以不像一般巧克力含糖量多，吃了有益健康。

「巧克力不甜就不好吃！」我和妹妹異口同聲的說。

「苦中帶甜的巧克力才是真正好的巧克力，你們不懂！」

「爸爸下次再帶牛奶巧克力和杏仁巧克力好不好？我們不愛吃苦苦的巧克力！」妹妹又向父親撒嬌了。

爸爸很疼我們，以後出差回來，除了不再帶有苦味的巧克力，還買了各種口味的棒棒糖、椰子糖、水果糖和太妃糖，這些包裝精美的糖果，比起本地名牌「掬水軒」的花生糖、「白脫球」、水果軟糖和大名鼎鼎的日本進口「森永牛奶糖」都要好吃，不過，吃來吃去，我們還是偏愛綿綿的，細細的，聞起來如走入一條漾著春光的長巷，吃起來似一朵溫柔的雪

花在融化的，甜甜的，巧克力！

隨著年齡增長，我對糖果的喜好不再那樣沒節制了，甚至，平常也不大吃甜食了。也許是為了「懷念童年」，也許是為了回味，所有的零食裡，我只為巧克力保留了一個特殊的「席位」——無論走到哪裡，如果看見巧克力專賣店，總會趨前看看有些什麼新口味和新包裝，有時也不忘買上一小袋或一小盒，為的是等待哪個優閒的午後，喝上一口濃郁的可可，品嘗兩粒香醇的巧克力。這時，外婆慈藹的笑容、爸爸難得的輕鬆表情、妹妹噘著的櫻桃小嘴和媽媽

明亮的大眼睛，似乎都朝著我點頭了：「好香好甜的巧克力糖噝！」

不，不是好香好「甜」，是好香——好——「苦」——的巧克力！

真的，誰會想得到呢？含在嘴裡的貝可拉巧克力，產地來自非洲烏干達佛拉斯特羅，可可含量高達百分之八十！它的外表像一枚搗扁的鎳幣，純粹的深咖啡面敷著不規則的淺咖啡色紋路，巧克力達人說，這種「烏干達苦甜粒」，隱含著「土質氣息、蘑菇香氣及細微的煙燻風味」，可是奇怪啦！怎麼我用盡了味覺，吃出的巧克力味道，卻盡是童年老樹皮、雨天牆面泛霉，和桌腳下繞圈圈狗王保安流的口水味兒呢？

也許爸爸當年那一句：「妳們不懂，苦中帶甜的巧克力才是真正好的巧克力」，說的正是一種「憶苦思甜」，生活的「什錦味道」吧！

國家圖書館出版品預行編目資料

不鏽鋼公雞／桂文亞作；陳裕堂繪. --
初版. -- 台北市： 幼獅, 2011.6
面； 公分. --（新High兒童.故事館；6）

ISBN 978-957-574-836-4（平裝）

859.6                          100009977

‧ 新High兒童 ‧ 故事館 ‧ 6 ‧

# 不鏽鋼公雞

作　　　者＝桂文亞
繪　　　者＝陳裕堂
出 版 者＝幼獅文化事業股份有限公司
發 行 人＝李鍾桂
總 經 理＝廖翰聲
總 編 輯＝劉淑華
主　　　輯＝林泊瑜
編　　　輯＝朱燕翔
美術編輯＝李祥銘
總 公 司＝10045台北市重慶南路1段66-1號3樓
電　　　話＝(02)2311-2832
傳　　　真＝(02)2311-5368
郵政劃撥＝00033368

門市
●松江展示中心：（10422）台北市松江路219號
　電話：(02)2502-5858轉734　傳真：(02)2503-6601
●苗栗育達店：（36143）苗栗縣造橋鄉談文村學府路168號（育達商業科技大學內）
　電話：(037)652-191　傳真：(037)652-251

印　　　刷＝祥新印刷股份有限公司　　　幼獅樂讀網
定　　　價＝250元　　　　　　　　　　http://www.youth.com.tw
港　　　幣＝83元　　　　　　　　　　 e-mail:customer@youth.com.tw
初　　　版＝2011.06
書　　　號＝986237

幼獅文化公司 ／讀者服務卡／

感謝您購買幼獅公司出版的好書！

為提升服務品質與出版更優質的圖書，敬請撥冗填寫後（免貼郵票）擲寄本公司，或傳真（傳真電話02-23115368），我們將參考您的意見、分享您的觀點，出版更多的好書。並不定期提供您相關書訊、活動、特惠專案等。謝謝！

**基本資料**

姓名：＿＿＿＿＿＿＿＿＿＿＿＿＿＿＿＿＿先生／小姐

婚姻狀況：□已婚 □未婚　職業：□學生 □公教 □上班族 □家管 □其他

出生：民國＿＿＿＿＿＿年＿＿＿＿＿＿月＿＿＿＿＿＿日

電話：（公）＿＿＿＿＿＿＿（宅）＿＿＿＿＿＿＿（手機）＿＿＿＿＿＿＿

e-mail：＿＿＿＿＿＿＿＿＿＿＿＿＿＿＿＿＿＿＿＿＿＿＿＿＿＿＿

聯絡地址：＿＿＿＿＿＿＿＿＿＿＿＿＿＿＿＿＿＿＿＿＿＿＿＿

1.您所購買的書名： **不鏽鋼公雞**

2.您通常以何種方式購書?：□1.書店買書　□2.網路購書　□3.傳真訂購　□4.郵局劃撥
　（可複選）　□5.幼獅門市　□6.團體訂購　□7.其他

3.您是否曾買過幼獅其他出版品：□是，□1.圖書 □2.幼獅文藝 □3.幼獅少年
　　□否

4.您從何處得知本書訊息：□1.師長介紹　□2.朋友介紹　□3.幼獅少年雜誌
　（可複選）　□4.幼獅文藝雜誌　□5.報章雜誌書評介紹＿＿＿＿＿報
　　□6.DM傳單、海報　□7.書店　□8.廣播(　　)
　　□9.電子報、edm　□10.其他

5.您喜歡本書的原因：□1.作者 □2.書名 □3.內容 □4.封面設計 □5.其他

6.您不喜歡本書的原因：□1.作者 □2.書名 □3.內容 □4.封面設計 □5.其他

7.您希望得知的出版訊息：□1.青少年讀物 □2.兒童讀物 □3.親子叢書
　　□4.教師充電系列 □5.其他

8.您覺得本書的價格：□1.偏高 □2.合理 □3.偏低

9.讀完本書後您覺得：□1.很有收穫 □2.有收穫 □3.收穫不多 □4.沒收穫

10.敬請推薦親友，共同加入我們的閱讀計畫，我們將適時寄送相關書訊，以豐富書香與心靈的空間：

(1)姓名＿＿＿＿＿＿＿e-mail＿＿＿＿＿＿＿電話＿＿＿＿＿

(2)姓名＿＿＿＿＿＿＿e-mail＿＿＿＿＿＿＿電話＿＿＿＿＿

(3)姓名＿＿＿＿＿＿＿e-mail＿＿＿＿＿＿＿電話＿＿＿＿＿

11.您對本書或本公司的建議：

10045　台北市重慶南路一段66-1號3樓

幼獅文化事業股份有限公司　收

客服專線：02-23112832分機208　傳真：02-23115368
e-mail：customer@youth.com.tw
幼獅樂讀網http：//www.youth.com.tw